Pour Orane

N. Z.

Pour Charlotte

S.

Les mots suivis d'un ☼ sont expliqués en pages 26 et 27.

Conforme à la loi n° 49.956 du 16 juillet 1949 sur les publications destinées à la jeunesse.

un prince pour Lilas

Texte de Natalie Zimmermann

Images de Suppa

NATHAN

Il y a fort
longtemps,
dans un lointain
royaume...

... La princesse Lilas, fierté de ses parents le roi Bigle et la reine Miro, arrivait en âge de trouver un mari. C'était une très jolie personne quoiqu'elle eût le cou un peu long et l'air un peu renfrogné. Mais elle avait surtout des yeux mauves à faire tourner les têtes, de grands yeux violet pâle qui vous faisaient fondre le cœur.

Bien entendu, tous
les princes et tous les jeunes
gens des environs et au-delà
rêvaient d'épouser un jour
la princesse, même s'il fallait
pour cela supporter son long
cou et son air renfrogné.
Seulement, ce qu'ils ne
savaient pas, c'est que Lilas
de loin ne voyait presque
rien et que la pauvre
s'ennuyait, s'ennuyait
à mourir.

Et puis comment, sans y voir clair, choisir un bon mari ? Comme il lui était impossible de voir si ses éventuels fiancés étaient laids ou séduisants, s'ils avaient l'air bête ou intelligent, elle pria le roi Bigle son père de fixer une épreuve. Un avis fut alors placardé ☼ sur tous les murs des environs, et même au-delà :

La princesse Lilas épousera le premier qui lui fera perdre son long cou et son air renfrogné. Tous les jeunes gens du royaume, et même au-delà, peuvent participer.

Un long cortège ☼ de prétendants se forma aussitôt aux portes du palais.

Certains, habillés en clowns, firent les pitres

pour dérider la princesse. Ils tombaient,

faisaient des grimaces et s'écrasaient

des gâteaux à la crème sur la tête.

Mais Lilas avait beau tendre le cou,

elle ne voyait pas leurs grimaces,

prenait les gâteaux pour des chapeaux

et se demandait où étaient passés

les clowns qui tombaient à ses pieds.

Elle gardait donc les lèvres pincées

et ne comprenait pas pourquoi tout

le monde riait autour d'elle.

D'autres lui confectionnèrent des robes qui lui rentraient le cou dans les épaules. Mais cela lui faisait mal et la princesse ne pouvait plus bouger. Elle les envoya promener. Un acrobate voulut lui faire faire le poirier. Après un bref instant de cette gymnastique, le cou de la princesse ne parut pas moins long, mais sa tête, cramoisie, semblait près d'éclater et sa mine paraissait plus renfrognée que jamais.

Lilas commençait à se décourager

lorsque survint un étranger qui
tenait une trousse de médecin
à la main. La cour tout entière
contempla l'étranger avec
curiosité. Celui-ci se présenta :
– Abel Œildègle, pour vous servir.
S'il vous plaît, Sire, soyez assez
aimable de me tenir ceci.
Le roi, interloqué, prit la pancarte
qu'on lui tendait.
Puis le jeune homme saisit une
chaise et alla s'asseoir à quelques
centimètres de Lilas, plongeant son
regard dans celui de la princesse
avec intensité.

Heureusement, Abel Œildègle, qu'elle voyait parfaitement puisqu'elle était tout près, lui parut fort agréable. Le jeune homme sortit de son sac de médecin un curieux appareil qu'il posa sans tarder sur le nez de la princesse. Puis il y ajouta des plaquettes de verre, toujours plus de plaquettes qu'il posait, retirait, retournait en demandant :

– C'est mieux comme cela ? Comme ceci ou comme cela ?

À mesure qu'il manipulait ses plaquettes, la princesse perdait son air renfrogné. Quand enfin le jeune homme lui dit :

– Que pouvez-vous lire ?

Lilas lut toutes les lettres alignées,
les très grosses, puis les plus petites
jusqu'aux minuscules, sur la pancarte
que tenait le roi Bigle :

CHÈRE PRINCESSE LILAS
VOS BEAUX YEUX
ME FONT MOURIR D'AMOUR.

voulez-vous m'épouser ?

Tandis qu'elle lisait, le sourire de Lilas
s'élargissait. Quand ce fut terminé, Abel
Œildègle lui retira le drôle d'appareillage
qu'elle avait sur le nez, puis fouilla dans
sa trousse et en sortit une ravissante
paire de lunettes en or.

–Voilà, déclara-t-il. Celles-ci vous
conviendront. Fini le cou de girafe
et l'air d'ours grognon.

Lilas mit les lunettes et redressa la tête.

Sans plus jamais avoir à allonger
le cou, elle découvrait enfin le monde
qui l'entourait.

– Vous êtes le plus malin et vous
êtes le plus beau. Je veux vous
épouser, et cela au plus tôt,
s'écria-t-elle.

Et la foule d'applaudir,
la princesse de sourire
et Abel de rougir.

histoire de m☀ts

26

Un air renfrogné

Une personne a l'air renfrogné quand
elle est fâchée, de mauvaise humeur.

Un cortège,

c'est un groupe
de personnes
qui avancent ensemble
vers un même lieu.

Confectionner

un plat ou un vêtement,
c'est le préparer,
le fabriquer.

Placarder un avis,

c'est coller une affiche
pour annoncer une nouvelle.

N° d'Editeur : 10039079 - (I) - (6) - CSBT-170
Dépôt légal : avril 1997
Impression et reliure : Pollina s.a., 85400 Luçon - n° 71748-E
ISBN. 2.09.250203-4